richt dort,

wo Worte fehlen.

Christian Andersen

Musik sp

Hans

Das kleine Geburtstagsbuch

für Musikliebhaber

Heitere Geschichten & Anekdoten

benno

Bibliografische Information der Deutschen Nationalbibliothek
Die Deutsche Nationalbibliothek verzeichnet diese Publikation in der Deutschen Nationalbibliografie; detaillierte bibliografische Daten sind im Internet über http://dnb.d-nb.de abrufbar.

Besuchen Sie uns im Internet:
www.st-benno.de

Gern informieren wir Sie unverbindlich und aktuell auch in unserem Newsletter zum Verlagsprogramm, zu Neuerscheinungen und Aktionen. Einfach anmelden unter www.vivat.de.

ISBN 978-3-7462-6712-8

Zusammenstellung: Volker Bauch, Gößnitz
Umschlaggestaltung: Ulrike Vetter, Leipzig
Gesamtherstellung: Ufer Verlagsherstellung, Leipzig (A)

Inhalt

1. Singen, Sänger und Gesänge

Die Musik wird treffend als
Sprache der Engel beschrieben.
Thomas Carlyle

Sing mit

Ein Christ, der gern und auch gut singt,
ist bass erstaunt, dass ihm gelingt,
wonach er jahrelang gestrebt,
dort mitzusingen, wo er lebt. –
Die Pfarrkirche, die er sonst flieht,
weil musikalisch nichts geschieht,
lässt heute Orgelklänge zu,
die ihn begeistern. Und im Nu
fühlt er, der sonst dahingedöst,
sich jetzt erhoben und erlöst.

Willibald Troemer

Expressionistischer Gesang

Wie die Maler heute malen
wie der Dichter heute dicht
so will ich jetzt humoristeln
ob es gut ist oder nicht.
Kanapee glüht Meeresfreiheit
Lippen blau aus Abendrot
stille Nacht in Marmelade
edle Kunst, behüt dich Gott.

A —b—c—d—e—f—g—h
I—k—l—m—n—o—p
Q—r—s—t—u—v—w—x
Ypsilon—z— f — f — f (drei Pfiffe)

La la la la la la la la
La la la la la la li
Li li li li li li li li
Li li li li li li la.

In der Nacht die Sterne funkeln
und der Rundfunk funkelt auch
funkeln tun auch die Karfunkeln
und ein funkelnagelneuer Anzug auch.
Wer will unter die Soldaten
der muss haben ein Gewehr
das muss er mit Pulver laden
und so weiter und so wei – ter.

Ein Gewitter ist im Anzug
dieses leuchtet mir nicht ein
ein Gewitter in der Hose
das könnt leichter möglich sein.

Leiser Sturmwind heult in Strömen
wenn die Katze kikerikit
und der Vater melkt die Enten
wenn der Lineburger blüht.

Wenn die Blätter leise klappern
und das Bächlein fließt bergauf
saust das Dampfschiff durch die Wälder
d' Gmütlichkeit hört sich dann auf.

Wenn die Ringelnatter ringelt
und die Fischlein gehn zu Fuß
hört! Die Osterglocken pfeifen
was sein muss, das muss sein muss.
Hundekuchen frisst die Katze
und ein Kompass singt Tenor
und es sinkt der Barometer
das kommt jedem spanisch vor.

Wenn die Reblaus rebiglauselt
und das Dünnbier ist zu dünn
billige Heimat sei gegrüßet
mei Vater war a Weanerin.

Sauerkraut ist kein Getränke
denunzieren tut ein Schuft
'’s beste Flugzeug wär ein Unsinn
gäb's im Freien keine Luft.

Ob es heiß ist oder kälter
ob es warm ist oder weit
ob es kühl ist oder lustig
ja, so ändert sich die Zeit.

In Berlin, in Prag und Hamburg
auch in Bremen und Bayreuth
auch in Salzburg und am Chiemsee
und auch in Holzapfelskräut.

Und zum Schlusse muss ich schlusseln
nehmet eure Händ in d' Hand
schlagt dieselben oft zusammen
das wird dann Applaus genannt.

Karl Valentin

Wenn der Pfarrer nicht singen kann ...

Pfarrer, die Predigt-Vertretungen an Kurorten übernehmen, haben es beileibe nicht so schön und entspannend, wie das für den Laien aussieht. Zwar ist es für ihre Familien und natürlich auch für sie selbst angenehm, das laute Pfarrhaus in einer westfälischen Großstadt mit einer Einliegerwohnung im Allgäuer Pfarrhaus am Kurort in den Bergen zu vertauschen. Doch menschliche Nöte gibt es auch in 1.000 Meter Höhe; und mit dem Predigen allein ist es darum vielerorts nicht getan. Und dann die Liturgie der lutherischen Kirche! Wer musikalisch ist und beispielsweise aus der württembergischen Landeskirche kommt, hat es da nicht leicht.

Das zeigt die Geschichte eines schwäbischen Vikars, für den jeder Gottesdienst angesichts der liturgischen Pflichtübungen Leistungsdruck und Lampenfieber brachte. Der Organist, ein ebenso impulsiver wie geistesgegenwärtiger Kirchenmusiker, ermunterte ihn: „Vor allem laut und gut verständlich. Wenn's musikalisch nicht stimmt, mache ich Modulationen und Variationen dazu." Doch der Vikar fühlte sich unterschätzt. „Übung macht den Meister", sagte er sich und probte fleißig alles, was von ihm zu intonieren war.

Im Gottesdienst ging es dann auch ganz gut. Im Vollgefühl seiner Sicherheit hielt er den Ton erstaunlich. Die Panne stellte sich auf andere Art ein. Vor Beginn des letzten Abschnittes sang er – versehentlich die Regieanweisung vertonend – laut und stimmvoll:

„Wenn der Pfarrer nicht singen kann, so spri-icht er!" Worauf der Organist voll in die Tasten griff und von der Orgelempore herunterschmetterte: „Da tut er gut dara-a-an!"

Albrecht Müller-Schöll

2. Musikanten, Spielmänner und Mandolinenklänge

*Alle Musik wird
geboren im Herzen der Menschen.*

Lü Bu We

Der Spielmann

Im Städtchen gibt es des Jubels viel,
da halten sie Hochzeit mit Tanz und mit Spiel.
Dem Fröhlichen blinket der Wein so rot,
die Braut nur gleicht dem getünchten Tod.
Ja, tot für den, den nicht sie vergisst,
der doch beim Fest nicht Bräutigam ist:
Da steht er inmitten der Gäste im Krug
und streichet die Geige lustig genug.
Er streichet die Geige, sein Haar ergraut,
es schwingen die Saiten gellend und laut,
er drückt sie ans Herz und achtet es nicht,
ob auch sie in tausend Stückchen zerbricht.
Es ist gar grausig, wenn einer so stirbt,
wenn jung sein Herz um Freude noch wirbt.
Ich mag und will nicht länger es sehn!
Das möchte den Kopf mir schwindelnd verdrehn!
Wer heißt euch, mit Fingern zeigen auf mich?
O Gott, bewahr uns gnädiglich,
dass keinen der Wahnsinn übermannt.
Bin selber ein armer Musikant.

Hans Christian Andersen

Die Bremer Stadtmusikanten

Es war einmal ein Mann, der hatte einen Esel, welcher schon lange Jahre unverdrossen die Säcke in die Mühle getragen hatte. Nun aber gingen die Kräfte des Esels zu Ende, sodass er zur Arbeit nicht mehr taugte. Da dachte der Herr daran, ihn wegzugeben. Aber der Esel merkte, dass sein Herr etwas Böses im Sinn hatte, lief fort und machte sich auf den Weg nach Bremen. Dort, so meinte er, könnte er ja Stadtmusikant werden.

Als er schon eine Weile gegangen war, fand er einen Jagdhund am Wege liegen, der jämmerlich heulte. „Warum heulst du denn so, Packan?", fragte der Esel.

„Ach", sagte der Hund, „weil ich alt bin, jeden Tag schwächer werde und auch nicht mehr auf die Jagd kann, wollte mich mein Herr totschießen. Da hab ich Reißaus genommen. Aber womit soll ich nun mein Brot verdienen?"

„Weißt du, was", sprach der Esel, „ich gehe nach Bremen und werde dort Stadtmusikant. Komm mit mir und lass dich auch bei der Musik annehmen. Ich spiele die Laute, und du schlägst die Pauken." Der Hund war einverstanden, und sie gingen mitsammen weiter.

Es dauerte nicht lange, da sahen sie eine Katze am Wege sitzen, die machte ein Gesicht wie drei Tage Regenwetter. „Was ist denn dir in die Quere gekommen, alter Bartputzer?", fragte der Esel.

„Wer kann da lustig sein, wenn's einem an den Kragen geht", antwortete die Katze. „Weil ich nun alt bin, meine Zähne stumpf werden und ich lieber hinter dem Ofen sitze und spinne, als nach Mäusen herumjagen, hat mich meine Frau ersäufen wollen. Ich konnte mich zwar noch davonschleichen, aber nun ist guter Rat teuer. Wo soll ich jetzt hin?"

Geh mit uns nach Bremen! Du verstehst dich doch auf die Nachtmusik, da kannst du Stadtmusikant werden." Die Katze hielt das für gut und ging mit. Als die drei so miteinander gingen, kamen sie an einem Hof vorbei. Da saß der Haushahn auf dem Tor und schrie aus Leibeskräften. „Du schreist einem durch Mark und Bein", sprach der Esel, „was hast du vor?"

„Die Hausfrau hat der Köchin befohlen, mir heute Abend den Kopf abzuschlagen. Morgen, am Sonntag, haben sie Gäste, da wollen sie mich in der Suppe essen. Nun schrei ich aus vollem Hals, solang ich noch kann."

„Ei was", sagte der Esel, „zieh lieber mit uns fort, wir gehen nach Bremen, etwas Besseres als den Tod findest du überall. Du hast eine gute Stimme, und wenn wir mitsammen musizieren, wird es gar herrlich klingen." Dem Hahn gefiel der Vorschlag, und sie gingen alle vier mitsammen fort.

Sie konnten aber die Stadt Bremen an einem Tag nicht erreichen und kamen abends in einen Wald, wo sie übernachten wollten. Der Esel und der Hund legten sich unter einen großen Baum, die Katze kletterte auf einen Ast, und der Hahn flog bis in den Wipfel, wo es am sichersten für ihn war.

Ehe er einschlief, sah er sich noch einmal nach allen vier Windrichtungen um. Da bemerkte er einen Lichtschein. Er sagte seinen Gefährten, dass in der Nähe ein Haus sein müsse, denn er sehe ein Licht. Der Esel antwortete: „So wollen wir uns aufmachen und noch hingehen, denn hier ist die Herberge schlecht." Der Hund meinte, ein paar Knochen und etwas Fleisch daran täten ihm auch gut.

Also machten sie sich auf den Weg nach der Gegend, wo das Licht war. Bald sahen sie es heller schimmern, und es wurde immer größer, bis sie vor ein hell erleuchtetes Räuberhaus kamen. Der Esel, als der Größte, näherte sich dem Fenster und schaute hinein.

„Was siehst du, Grauschimmel?", fragte der Hahn. „Was ich sehe?", antwortete der Esel. „Einen gedeckten Tisch mit schönem Essen und Trinken, und Räuber sitzen rundherum und lassen sich's gut gehen!"

„Das wäre etwas für uns", sprach der Hahn.

Da überlegten die Tiere, wie sie es anfangen könnten, die Räuber hinauszujagen. Endlich fanden sie ein Mittel. Der Esel stellte sich mit den Vorderfüßen auf das Fenster, der Hund sprang auf des Esels Rücken, die Katze kletterte auf den Hund, und zuletzt flog der Hahn hinauf und setzte sich der Katze auf den Kopf. Als das geschehen war, fingen sie auf ein Zeichen an, ihre Musik zu machen: Der Esel schrie, der Hund bellte, die Katze miaute, und der Hahn krähte. Darauf stürzten sie durch das Fenster in die Stube hinein, dass die Scheiben klirrten.

Die Räuber fuhren bei dem entsetzlichen Geschrei in die Höhe. Sie meinten, ein Gespenst käme herein, und flohen in größter Furcht in den Wald hinaus.
Nun setzten sich die vier Gesellen an den Tisch, und jeder aß nach Herzenslust von den Speisen, die ihm am besten schmeckten.
Als sie fertig waren, löschten sie das Licht aus, und jeder suchte sich eine Schlafstätte nach seinem Geschmack. Der Esel legte sich auf den Mist, der Hund hinter die Tür, die Katze auf den Herd bei der warmen Asche, und der Hahn flog auf das Dach hinauf. Und weil sie müde waren von ihrem langen Weg, schliefen sie bald ein.
Als Mitternacht vorbei war und die Räuber von Weitem sahen, dass kein Licht mehr im Haus brannte und alles ruhig schien, sprach der Hauptmann: „Wir hätten uns doch nicht sollen ins Bockshorn jagen lassen." Er schickte einen Räuber zurück, um nachzusehen, ob noch jemand im Hause wäre.
Der Räuber fand alles still. Er ging in die Küche und wollte ein Licht anzünden. Da sah er die feurigen Augen der Katze und meinte, es wären glühende Kohlen. Er hielt ein Schwefelhölzchen daran, dass es Feuer fangen sollte. Aber die Katze verstand keinen Spaß, sprang ihm ins Gesicht und kratzte ihn aus Leibeskräften. Da erschrak er gewaltig und wollte zur Hintertür hinauslaufen. Aber der Hund, der da lag, sprang auf und biss ihn ins Bein. Als der Räuber über den Hof am Misthaufen vorbeirannte, gab ihm der Esel noch einen tüchtigen Schlag mit dem Hinterfuß. Der Hahn aber, der von dem Lärm aus dem Schlaf geweckt worden war, rief vom Dache herunter: „Kikeriki!"

Da lief der Räuber, was er konnte, zu seinem Hauptmann zurück und sprach: „Ach, in dem Haus sitzt eine gräuliche Hexe, die hat mich angehaucht und mir mit ihren langen Fingern das Gesicht zerkratzt. An der Tür steht ein Mann mit einem Messer, der hat mich ins Bein gestochen. Auf dem Hof liegt ein schwarzes Ungetüm, das hat mit einem Holzprügel auf mich losgeschlagen. Und oben auf dem Dache, da sitzt der Richter, der rief: ‚Bringt mir den Schelm her!' Da machte ich, dass ich fortkam."
Von nun an getrauten sich die Räuber nicht mehr in das Haus. Den vier Bremer Stadtmusikanten aber gefiel's darin so gut, dass sie nicht wieder hinauswollten.

Brüder Grimm

Der Leiermann

Warum sie sich wohl ans Fenster stellen,
wenn unten der Alte die Leier dreht?
Warum sie verstummen und mancher ergriffen
mit glänzenden Augen vorübergeht?
Sie wissen es selbst nicht, warum sie lauschen.
Die Brust wird ihnen plötzlich so weit.
Sie lassen sich durch die Seele rauschen
das alte Lied ihrer Jugendzeit.

Joachim Ringelnatz

Wohltat und Wirkung

e. o. plauen

Mandolinenklänge

Hör ich der Mandoline Klänge
ist mir's, als sähe ich eine der süßen,
netten Grisetten
freundlich mich grüßen.
Kirschen trägt sie als Ohrgehänge.
Barfuß kommt sie und lacht und lacht,
schüttelt kindisch die blonde Mähne
und zeigt dabei ihrer Zähne
zartschneeige Pracht.

Und dann
dreht sie sich um und läuft,
was sie kann, den wirren, langen,
steinigen Zickzackweg zurück,
den mein Leben gegangen,
sammelt dabei die paar verstreuten
freundlichen Blumen, die mich erfreuten,
bis sie ein buntes Dutzend gefunden.
Die bringt sie mir zierlich gebunden.
Ich aber küsse die Kleine,
küsse die Blumen und lache und weine,
bis alles verschwunden
und die Mandoline schweigt.

Joachim Ringelnatz

Die Hunger-Sonate

e. o. plauen

Die Macht der Musik

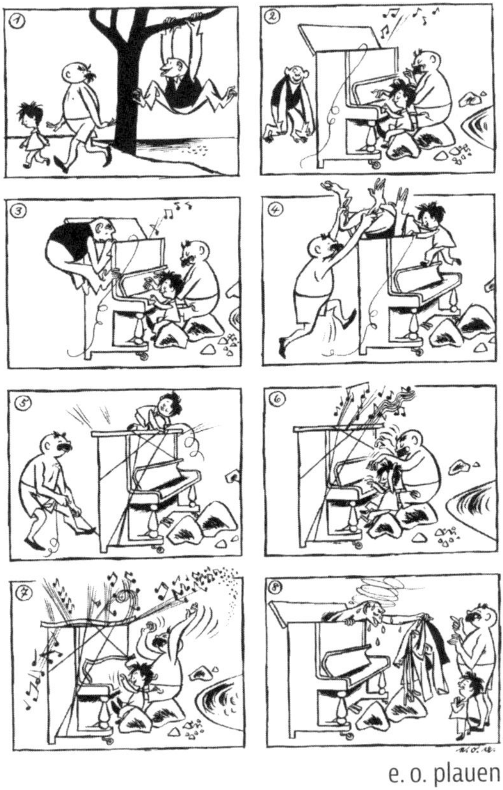

e. o. plauen

Bescheidenheit

Ein Mensch möchte erste Geige spielen –
jedoch das ist der Wunsch von vielen,
sodass sie gar nicht jedermann,
selbst wenn er's könnte, spielen kann:
Auch Bratsche ist für den, der's kennt,
ein wunderschönes Instrument.

Eugen Roth

Die Posaune

Yves zog zusammen mit seiner Ehefrau Yvonne in die erste Etage eines Dreifamilienhauses. Die Wohnung war groß, hell und gemütlich. Sie hatte nur einen Fehler, den Yves gleich am ersten Tag bemerkte: Sie war hellhörig, die neue Wohnung. Von unten war der offenbar unentwegt laufende Fernseher zu hören, von oben die trippelnden Schritte der zweijährigen Zwillinge.

„Wenn das so weiter geht ...", stöhnte Yves und fasste sich an den Kopf.

„Es wird nicht so weiter gehen", beruhigte ihn Yvonne.

Zufall, diese Lärmbelästigung, während sie die Umzugskartons auspackten.

Kein Zufall. Am zweiten Tag war es nicht anders, ebenso nicht am dritten, vierten und fünften Tag.

Es muss festgestellt werden: Weder der Lärm von unten noch von oben änderte sich. Es sei denn, die jeweiligen Bewohner der zwei Wohnungen waren nicht zu Hause. Was selten vorkam, denn draußen war es kalt und regnerisch. Yvonne fand sich mit den Fernsehgeräuschen und den Kinderschritten ab. Yves nicht. Er verfluchte die neue Wohnung, obwohl sie doch so schön war, verfluchte die anderen Mieter, denen er weder Fernsehen noch Schritte verbieten konnte, wie er wohl wusste. Daher verschlechterte sich seine Stimmung von Tag zu Tag. Bis es Yvonne zu bunt wurde.

„Reiß dich zusammen!“, forderte sie den Ehemann ungeduldig auf, dessen Hände wie so oft in der neuen Wohnung klagend die Ohren bedeckten.
„Reiß dich zusammen!“, wiederholte Yvonne. So schlimm war der Lärm von unten und von oben nun wirklich nicht. In diesem Augenblick war sogar nichts zu hören, gar nichts. Weder von unten noch von oben.
„Du hast recht.“ Yves nahm erstaunt die Hände von den Ohren. Göttliche Stille.
Leider nur kurze Zeit. Dann ging es wieder los. Unten schaltete man den Fernseher auf volle Lautstärke, oben liefen vier Kinderfüße hin und her.
Yves sprang auf. Jetzt sofort wollte er den Mietern unten und oben mittels lautem Gebrüll seine Meinung ...
„Nein!“ Yvonne hielt ihn zurück. Sie hatte keine Lust auf Streit im Haus. Entschlossen drückte sie Yves zurück in den Sessel und schaltete das Radio ein. Musik war gegen alles Mögliche ein Hilfsmittel. Vielleicht ja auch gegen Yves’ Rachegedanken.
Ein Posaunensolo erklang, übertönte den Lärm von unten und von oben. Yves’ Stimmung besserte sich tatsächlich. Herrlich, solche Blechblasklänge, die alle Unbilden der Welt mit sich fort zu schwemmen schienen. Und plötzlich sprachen die Posaunentöne zu ihm und forderten ihn unmissverständlich auf:
„Jetzt oder nie!“

Yves sah sich unruhig um. Hatte Yvonne diese drei Worte auch gehört? Offenbar nicht. Sie zählte lautlos Maschen an ihrem Strickzeug, bewegte gleich darauf wieder flink die Hände.
„Jetzt oder nie!", befahlen die Posaunentöne zum zweiten Mal.
„Ist ja gut", murrte Yves und fragte Yvonne, ob er wohl zu alt wäre, ein Musikinstrument zu lernen.
„Dafür ist niemand zu alt", erwiderte Yvonne. Ihre Freundin war Klavierlehrerin und unterrichtete auch zahlreiche erwachsene Schüler.
Yves erhob sich und sagte feierlich: „Dann lerne ich Posaune!"
„Posaune?" Yvonne legte das Strickzeug auf den Tisch. Posaune war ein lautes Instrument, wusste sie. Also nicht sehr geeignet für ein Mietshaus. Wie wäre es mit Flöte oder noch besser Piccoloflöte?
Kam nicht infrage. Yves lachte verächtlich. Posaune war sein Instrument und sonst gar nichts. Die Posaunentöne stimmten ihm zu und riefen dreistimmig:
„Jetzt oder nie!"
Jetzt oder nie?
Jetzt!
Yves kaufte eine Posaune, suchte und fand einen Posaunenlehrer und übte regelmäßig jeden Tag, wenn er von der Arbeit nach Hause kam. Am Wochenende übte er auch schon vormittags.
Irgendwann klopften die Mieter von unten mit dem Besen an die Decke, was Yves ignorierte. Er übte zu den gesetzlich erlaubten Zeiten, also hatte niemand an die Decke zu klopfen. Er hatte ja auch nicht wegen des Fernsehlärms auf den Boden geklopft.

Auf den Boden klopften nach zweieinhalb Übstunden auch die Mieter von oben. Yves sah auf die Uhr. Zehn Minuten gesetzlich zugelassene Übzeit hatte er noch vor sich. Und hatte er etwa an die Decke geklopft, als ihn die Kinderschritte beinahe in den Wahnsinn getrieben hatten? Nein, er hatte sich die Ohren zugehalten und tapfer die aufkeimenden Kopfschmerzen ertragen. Also blies er weiter in seine Posaune, Tag für Tag, sooft er Zeit dafür hatte.
Nach einem halben Jahr suchten sich die Mieter mit dem ewig laufenden Fernseher eine neue Wohnung. Was Yves kaum bemerkte. Beim Blasen auf der Posaune hatte er ohnehin keine Fernsehgeräusche mehr gehört. Drei Monate später kündigten die Mieter mit den Zwillingen ihre Wohnung. Was Yves gleichgültig war. Er übte Posaune und sonst gar nichts.
Nach weiteren drei Monaten reichte Yvonne die Scheidung ein. Die lauten Posaunentöne drohten, ihr Trommelfell zu zerfetzen.
„Wie? Wegen der Posaune?" Yves sah Yvonne ungläubig an, als er das Schreiben des Rechtsanwaltes las.
„Wenn du die Posaune verkaufst", sagte Yvonne schwankend, „bleibe ich vielleicht bei dir."
Yves verstand nicht, was die Posaune mit ihrer Partnerschaft zu tun hatte, und ließ Yvonne ziehen.
Eines Tages verschluckte er sich beim tiefen C und wäre beinahe an dem darauffolgenden Hustenanfall erstickt. Todesangst erfüllte ihn, während er, feuerrot im Gesicht, hustete und hustete. Irgendwann brach er ohnmächtig zusammen. Als er wieder zu sich kam, nahm er

die Posaune und warf sie zum Fenster hinaus. Dass auf der Straße, direkt unter dem Fenster, gerade ein Polizist vorbeiging, konnte er nicht wissen.
Der Polizist läutete wutschnaubend an der Wohnungstür, zeigte Yves die Wunde, an der die Posaune schuld war, und drohte mit einer Anzeige.
Yves floh zu seiner Mutter, die achthundert Kilometer entfernt in einem winzigen Dorf wohnte. Die Mutter nahm ihn bei sich auf, ohne Fragen zu stellen. Ganz verstört war er, ihr kleiner Yves, der trotz seiner fünfunddreißig Jahre immer noch ihr Junge war. Sie fühlte sich verpflichtet, ihn von dem Kummer, über den er nicht sprechen wollte, abzulenken.
Musik, wusste sie, Musik ist ein Heilmittel gegen fast alles. Also schlug sie vor, Yves sollte ein Instrument lernen. Wie wäre es mit Posaune? Schon als Kind hatte Yvilein immer den Blechblasinstrumenten auf der Kirmes am liebsten gelauscht. Erinnerte er sich noch?
„Nein!", schrie Yves und floh in den Wald, wo außer dem „Kuckuck" eines Kuckucks nichts zu hören war.
„Und?", fragte Yves den Kuckuck. „Was soll ich jetzt machen?"
„Kuckuck", antwortete der Kuckuck und flog davon.

Nie ...
Yves ignorierte die Aufforderung der Posaunenklänge im Radio. Nein, niemals würde er Posaune spielen lernen. Das wäre eine Zumutung für die anderen Mieter im Haus und vor allem für Yvonne.

Also blieb alles beim Alten: Die Mieter unten ließen den Fernseher laufen, die Mieter oben die Zwillinge.
Eines Tages wusste Yves, wie er diesem ewigen Lärm entgehen konnte. Er schaltete seinen Fernseher ein, sobald er nach Hause kam, und ließ ihn auf voller Lautstärke laufen, bis er ins Bett ging. Dazu lief er so oft wie möglich mit trippelnden Schritten in der Wohnung auf und ab.
Yvonne ertrug es mit Fassung.
„Immer noch besser als sein ewiger Ärger", vertraute sie ihrer besten Freundin beim Essen im Lokal an. Die Freundin nickte und bestellte für Yvonne einen doppelten Kognak, den die Freundin mehr als nötig hatte. Fernsehgeräusche von unten, Kinderschritte von oben und das Gleiche noch einmal in der eigenen Wohnung. Na, dann Prost!

Ulrike Piechota

Traute Violine

Bist du manchmal auch verstimmt,
drück dich zärtlich an mein Herze,
dass mir's fast den Atem nimmt,
streich und kneif in süßem Scherze,
wie ein rechter Liebestor
lehn ich sanft an dich die Wange
und du singst mir fein ins Ohr.
Wohl im Hofe bei dem Klange
Katze miaut, Hund heult und bellt,
Nachbar schimpft mit wilder Miene –
doch was kümmert uns die Welt,
süße, traute Violine!

Joseph von Eichendorff

An meine Laute

Im leisen und im lauten Spiel
ertöne süß mein Lautenspiel,
und muss ich um was Liebes leiden,
verkläre du mein Liebesleiden
und lass dein holdes Saitenklingen
wie Gold nach allen Seiten klingen,
dass niemand ahnt beim Liederklang,
wie nur aus Schmerz mein Lied erklang.

Heinrich Seidel

3. Geburtstagskonzerte, Orchesterproben und ihre Adjutanten

Die Musik wirkt wie die Sonne,
die alle Blumen des Feldes mit
ihrem Strahlen zum Leben erweckt.

Khalil Gibran

Der Dirigent

Er reicht den Violinen eine Blume
und ladet sie mit Schmeichelblick zum Tanz.
Verzweifelt bettelt er das Blech um Glanz
und streut den Flöten kindlich manche Krume.

Tief beugt das Knie er vor dem Heiligtume
des Pianissimos, der Klangmonstranz;
doch zausen Stürme seinen Schwalbenschwanz,
wenn er das Tutti aufpeitscht sich zum Ruhme.

Mit Fäusten hält er fest den Schlussakkord;
dann harrt er, hilflos eingepflanzt am Ort,
dem ausgekommnen Klange nachzuschaun.

Zuletzt, dass er den Beifall, dankend, rüge,
zeigt er belästigte Erlöserzüge
und zwingt uns, ihm noch Größres zuzutraun.

Franz Werfel

Guhdn Dach, ich bring dähn Bach

Im ersten Jahrgang des „Leipziger Raritäten-Cabinets" aus dem Jahre 1858 bin ich auf das Gedicht „Das ist's" gestoßen. Es dokumentiert, wie man plötzlich (und endlich) nach dem Grab von Bach suchte. Die Stadt ließ ihn bekanntlich an der Südmauer der Johanniskirche beisetzen. Erst 1885 entschloss sich der Rat, an jener Stelle eine Gedenktafel anzubringen, und erst 1900 wurde Bach in einem Sarkophag in der Gruft der Kirche beigesetzt. Die „Pfeffersäcke" und die Kunst – ein Problem für sich …

In dem Band fand ich nun folgende Verse:
„Wo's Grab sei von Sebastian Bach,
fragt man im Tageblatt nach;
hört an! Ich will es Euch verkünden:
Sein Grab, ich möchte es verbürgen,
ist jedenfalls jetzt in der Kirchenmusik
von uns'rer Zeit zu finden."

Nach Jahrzehnten, in denen Bach bei Weitem nicht seinem Range entsprechend gepflegt wurde, war er immer wieder anerkannt und verehrt. Und dazu hat vor allem Mendelssohn Bartholdy Großes beigetragen.

Die unglaublichste Geschichte im Zusammenhang mit dem Grab des größten Komponisten, der in Leipzig gewirkt hat, ist 1949 passiert. Zur Erinnerung: Die Johanniskirche wurde im Krieg zerstört. Man entschied, den Turm als Denkmal zu erhalten, das Kirchenschiff abzureißen. In der Gruft lagen die Gebeine von Johann Sebastian Bach und Fürchtegott Gellert.

Die Sprengung des Gebäudes erfolgte kurioserweise vor der Räumung der Gruft. Siegfried Stadler berichtet in einem Text, dass deshalb der „Maurermeister Adalbert Malecki zu einer dramatischen Bergungsaktion gezwungen war“. In einem Zinkbehältnis fuhr er die Gebeine Bachs auf einer Schubkarre durch die Stadt bis zur Thomaskirche, klopfte an die Tür des Superintendenten Schumann und berichtete lakonisch: „Guhdn Dach, ich bring dähn Bach.“

In der Nordsakristei haben Gemeindemitglieder zwei Wochen lang Tag und Nacht die sterblichen Überreste des großen Komponisten bewacht, da sie Angst hatten, dass er von den Russen „entführt“ würde.

Am 28. Juli 1950, an seinem 200. Todestag, wurde dann die neue Grabstätte im Chorraum der Thomaskirche eingeweiht. Daran nahm sogar der Präsident der DDR, Wilhelm Pieck, teil.

Der Leipziger Ulbricht – ob er wohl jemals seinen Fuß in die Thomaskirche gesetzt hat? – ließ sich nicht blicken.

Bernd-Lutz Lange

Erste Kritik

Johann Sebastian Bach besaß mehr Sinn für Humor, als man nach seinen Kompositionen und seiner Lebensgeschichte voraussetzen konnte. Zelter erzählt in einem Brief an Goethe eine Anekdote, welchen den großen Kirchenkomponisten als einen Meister der schlagfertigen Antwort kennzeichnet. Eines Tages fragte ihn ein Freund: „Haben Sie Marpurgs Kritik über Ihre neueste Fuge gelesen? Er urteilt über Sie ziemlich streng." „Nein", antwortete Bach, „so hat er sich schon in seiner ersten Kritik über mich gezeigt, doch was ist da zu machen? Denn wenn ihm seine eigenen Fugen so gefallen, wie können alsdann die meinigen ihm gefallen?"

Es gibt kein Geheimnis

Nachdem Johann Sebastian Bach im Jahre 1723 zum Thomaskantor in Leipzig berufen wurde, komplimentierte ein Leipziger Ratsherr den Meister mit folgenden Worten: „Im ganzen Reich gibt es keinen Zweiten, der die Orgel so beherrscht wie Sie. Sie verfügen über ein wunderbares Geheimnis des Spiels." Darauf antwortete Bach bescheiden: „Es gibt kein Geheimnis. Man muss nur zur rechten Zeit die rechten Tasten mit der rechten Stärke drücken, dann gibt die Orgel ganz von selbst die allerschönste Musik."

Räuspern und Schweigen

In großer Verehrung sprach immer wieder Friedrich der Große von seinem Flötenlehrer Quantz. So entwickelte sich zwischen den beiden ein gutes Verhältnis, sodass der Lehrer eine große Freiheit am Hof genießen durfte. Der Lehrer selbst hielt sich hinsichtlich des offenen Tadels beim König zurück, so gab es von ihm keine offene Kritik, wenn der König fehlerhaft spielte. Durch auffallendes Schweigen oder Räuspern äußerte er dann sein Missfallen. Bei der Aufführung eines von Friedrich II. selbst komponierten Stückes gab es eine fehlerhafte Stelle und Quantz räusperte sich sehr laut. Dies bemerkte Friedrich II. und fragte am nächsten Tag einen der aufführenden Musiker nach dessen Meinung und dieser wies den König auch auf den Fehler hin. Der König korrigierte darauf die besagte Stelle und sagte: „Wir dürfen doch Quantz keinen Katar zufügen."

Gescheiterte Sammlung

Ein Mensch – er freut sich drauf, und wie! –
Geht in die fünfte Sinfonie.
Wie liebt er grad den ersten Satz!
Er setzt sich still auf seinen Platz,
Dass ganz er dem Genuss sich weihe …
Ein Herr grüßt aus der dritten Reihe.
Der Mensch, wohl wissend, dass er'n kenn,
Denkt flüchtig bloß, wie heißt er denn?
Worauf er fromm die Augen schließt,
Damit Musik sich in ihn ergießt.
Kaum hebt den Stab der Zappelmann,
Schon geht bei ihm der Rappel an:
Wie rast der Geigen Glanzgeschwirre –
Der Mann heißt Fuld, wenn ich nicht irre!

Eugen Roth

Kritik des Herzens

Gestern war in meiner Mütze
mir mal wieder was nicht recht;
die Natur schien mir nichts nütze
und der Mensch erbärmlich schlecht.

Meine Ehgemahlin hab' ich
ganz gehörig angeplärrt,
drauf aus purem Zorn begab ich
mich ins Symphoniekonzert.

Doch auch dies war nicht so labend,
wie ich eigentlich gedacht,
weil man da den ganzen Abend
wieder mal Musik gemacht.

Wilhelm Busch

Freundschaftspreis

Allmählich mussten wir einsehen, dass unser alter Stereo-Plattenspieler, den wir für bare 3.000 Pfund gekauft hatten, nicht mehr der beste war. Genauer gesagt: Er war unbrauchbar geworden. Zum Beispiel beschleunigte er um die Mitte jeder Darbietung seine Drehgeschwindigkeit so rasant, dass Schaljapin sich in einen strahlenden Sopran verwandelte und die ausdrücklich als „solemnis" bezeichnete Missa in ein zirpendes Kinderlied. Die Versuche, sein Tempo durch Auflegen eines schweren gläsernen Aschenbechers zu bremsen, erwiesen sich als unfruchtbar. Erfolgreicher waren die Mahnungen der besten Ehefrau von allen, das Wrack zu verkaufen. Ich gab ein Inserat folgenden Wortlauts auf: „Erstklassiger Stereo-Plattenspieler, in hervorragendem Zustand, wie neu, familiärer Umstände halber zu 4.000 Pfund abzugeben. Einmaliger Gelegenheitskauf!"

Da wir jedoch auf unsere gewohnte musikalische Erbauung nicht verzichten wollten, begannen wir uns nach einem Ersatz für das stillgelegte Gerät umzusehen, wobei uns klar war, dass wir uns nicht etwa an die Inserate der Tagespresse halten durften, denn denen kann man nicht trauen. Stattdessen bat ich Freunde und Bekannte, ihre Augen offen zu halten und uns Bescheid zu geben, falls sie etwas Passendes entdeckten.

Felix Selig meldete sich als erster. „Ein fantastischer Apparat, höchste Qualität, aus erster Hand", freute er sich mit uns. „Allerdings nicht ganz billig. Der Besitzer verlangt 4.000 Pfund. Überflüssig zu sagen, dass ich selbst mit keinem roten Heller beteiligt bin."

„Lass es gut sein, Felix", antwortete ich.

„Wer ist der Besitzer?"

Felix ließ es gut sein und gab den Namen des Besitzers mit Uri an, und ich sollte nur ja nicht vergessen, ihm, Uri, zu sagen, dass er, Felix, mich geschickt hatte, vielleicht ginge Uri dann ein wenig mit dem Preis herunter. Außerdem sollte ich unbedingt die Worte „Felix fünf" hinzufügen. Nichts weiter, nur „Felix fünf". Uri wüsste Bescheid. Er war, als ich kam, leider nicht zu Hause, aber sein kleiner Bruder versprach mir, ihn zu verständigen. Tatsächlich erschien Uri am nächsten Tag bei mir in der Redaktion. Da ich mit seinem Freund Felix befreundet sei, meinte er, würde er selbst keinen roten Heller für sich beanspruchen, und der Plattenspieler koste nur 4.300 Pfund.

„Felix fünf", sagte ich vereinbarungsgemäß. „Das braucht Sie nicht zu kümmern", beruhigte mich Uri. „Das macht keinen Unterschied. Es bleibt bei 4.800."

Damit übergab er mir einen verschlossenen Briefumschlag für einen gewissen Friedländer in Jaffa und wünschte mir viel Glück. Jetzt griff das Schicksal ein. Die Nagelpfeile der besten Ehefrau von allen kam am Abend zufällig in die Nähe des Briefumschlags, glitt unabsichtlich in die Nähe des Briefumschlags, glitt unabsichtlich unter den Rand und zwang mich somit, den Inhalt des Briefs zur Kenntnis zu nehmen. Es waren nur wenige Zeilen, gerichtet von Uri an Friedländer.

„Überbringer ist ein Freund von Felix. Sucht einen Stereo- Plattenspieler. Felix verlangt 500 Pfund. Ich bekomme 300 und eine Draufgabe für meinen kleinen Bruder, der die Sache vermittelt hat."
Ich verschloss den irrtümlich geöffneten Brief und trug ihn am folgenden Morgen zu Friedländer nach Jaffa.
„Einem Freund von Uri bin ich immer gern gefällig", sagte Friedländer. „Der Plattenspieler, den ich für Sie im Auge habe, ist ein wahrer Fund. Ich werde sofort meine Braut anrufen. Ihr Mann kennt den Besitzer."
Friedländer ging ins Nebenzimmer und versperrte die Tür, aber einige Gesprächsfetzen drangen doch an mein Ohr: „Hallo, Liebling ... alten Plattenspieler auftreiben ... Uri will 400 ... ich möchte 300 haben ... also gut, 200 ... wir müssen auch Mama beteiligen ... und natürlich deinen Mann ... alles klar."
Anschließend gab mir Friedländer die Telefonnummer des Gatten seiner Braut – der Platzanweiser in einem Kino in Beersheba war – und erklärte mir, dass der Preis des Apparats ein wenig gestiegen sei, Inflation und so, das müsste ich verstehen, und ihm persönlich bringe die Sache keinen roten Heller.
Nachts telefonierte ich mit Beersheba.
„Da Sie mit dem Bräutigam meiner Frau befreundet sind", sagte der Platzanweiser, „bekommen Sie diesen hervorragenden Plattenspieler für 5.700 Pfund."
Ich überschlug die Summe rasch: Felix – 500. Uri – 300. Kleinerer Bruder – 100. Friedländer – 200. Mama – 50. Braut – 250. Platzanweiser – 100. Rechnete man den Apparat dazu, der ja auch etwas kos-

tete, so ergab das eine Gesamtsumme von 5.500 Pfund, nicht 5.700. Auf die Differenz aufmerksam gemacht, führte mein neuer Geschäftspartner die Anwaltskosten seiner Scheidung von Friedländers Braut ins Treffen und meinte, dass für einen fabrikneuen Stereo-Plattenspieler selbst 5.700 Pfund ein lächerlicher Preis wären.

Meine zurückhaltende Reaktion veranlasste den Platzanweiser, am nächsten Tag eigens aus Beersheba herüberzukommen, um den Kontakt zwischen mir und dem in Tel Aviv wohnhaften Besitzers des Apparates persönlich herzustellen.

„Der Idiot hat keine Ahnung von den Preisen, die jetzt gezahlt werden", informierte er mich unterwegs. „Lassen Sie mich unter vier Augen mit ihm reden, und der Fall ist erledigt."

An dieser Stelle erwachte mein Geschäftssinn. Ich erklärte, dass auch ich eine kleine Beteiligung haben möchte.

„Aber Sie sind doch der Käufer?", wunderte sich der Mann aus Beersheba.

„Macht nichts", beharrte ich. „Schlagen Sie zum Preis noch 325 Pfund dazu, und die geben Sie mir dann unterm Tisch. Wenn Sie beteiligt sind, will auch ich beteiligt sein."

Wir hatten die angegebene Adresse erreicht. Meine Frau öffnete die Tür und führte uns zu dem Apparat, den wir, vielleicht erinnert man sich noch, loswerden wollten.

„Ein wunderbares Gerät!", flüsterte mir der Platzanweiser zu. „Warten Sie, bis ich mit der Dame gesprochen habe."

„Sie können auch mit mir sprechen", sagte ich. „Der Apparat gehört mir."
„Schön. Was wollen Sie haben?"
„4.000 netto."
Nach einer kurzen Pause, die er für seine Kopfrechnung brauchte, war der Platzanweiser einverstanden. „In Ordnung. Mit Freunden handele ich nicht. Ziehen Sie den Preis des Apparats, also 4.000 Pfund, von der Gesamtsumme ab, zahlen Sie mir 2.025 Pfund, und ich gebe Ihnen Ihre 325 Pfund zurück." Das war eine faire Lösung. Außerdem halte ich nichts davon, ein Geschäft scheitern zu lassen, an dem so viele Leute, noch dazu lauter gute Freunde, beteiligt sind. Es gelang mir, noch 25 Pfund für mich herauszuholen. Dann besiegelten wir den Abschluss der Transaktion mit einem Umtrunk.

Ephraim Kishon

Zu viele Kopien

Botho Becker war eins der letzten Leipziger Originale, ein Fachmann von Weltniveau. ER kannte jedes Notenblatt in seinem Reich, der legendären Musikalienhandlung F. A. Klemm. Selbst wenn man einen völlig abwegigen Wunsch hatte, sagen wir ... „O Täler weit, o Höhen" für Akkordeon und Posaune, überlegte der Mann kurz, kletterte dann die Leiter hoch, zog mit einem Griff das Gewünschte aus dem Stapel und sagte etwa: Das ist die Nummer soundso aus dem und dem Verlag, kostet 40 Reichspfennig. Dann blinzelte er den Käufer im DDR-Leipzig an und meinte: „Über den Preis müssen wir natürlich reden." Aber es blieb auch im neuen Reich nur bei einigen Pfennigen. Konnte er nicht „dienen", so hatte er garantiert eine Idee, wie er das „Material" beschaffen könnte. ER kannte sich über die jeweilige „Verlagssituation" immer genau aus. Weltstars suchten seinen Laden auf: David Oistrach ließ sich von ihm beraten oder der Kinderfilmstar und spätere Dirigent Roberto Benzi. An einer Wand hingen Postkarten von dankbaren Musikern aus aller Welt.
Herbert Blomstedt lernte Botho Becker 1970 kennen. Er hatte von der Leipziger Musikalienhändler-Legende gehört und wollte sehen, ob an dessen Ruf, den er in Fachkreisen genoss, wirklich etwas dran war. Als er sich der verfallenen Kolonnadenstraße näherte, konnte er sich zunächst kaum vorstellen, dass es darin wirklich ein so hochgelobtes Unternehmen geben sollte. Schließlich fand er den Laden.

Becker fragte Blomstedt nach seinen Wünschen. „Ich hatte keine besonderen Wünsche. Aber um ihn zu testen, rückte ich mit einer ungewöhnlichen Bitte heraus: ‚Haben Sie die Sonate a quattro für vier Posaunen von Albrechtsberger, erschienen bei Musica Rara in London?'"
Becker dachte kurz nach, sagte dann „Joo, haben wir", stieg auf eine Leiter, nahm ohne Zögern mit Zeigefinger und Daumen eine dünne Partitur heraus. „Hier, mein Herr!" Ich war überwältigt. So einen Notenhandel hatte man in Stockholm nicht, nicht in Hamburg, London, New York. Ich blieb lange im Laden. Er sagte nicht viel, aber verriet mir doch, dass Wagner auf just dem Stuhl gesessen hatte, der in der Ecke stand! Tradition? Ja und eine unvergessliche Aufführung von Wissen und Können, mit Stolz und Witz vorgetragen, sempre con amore. Becker starb 1972. Alle Nachfolger der Welt werden Mühe haben, ihn zu übertreffen.
Selbst im Zeitalter der Computer, möchte ich hinzufügen. Er war ein Mann mit einem fotografischen Gedächtnis.
Botho Becker war ein älterer Herr mit schneeweiß abstehendem Haarschopf, der sich noch vom Friseur rasieren ließ, gern Zigarre rauchte, die mitunter auch im kalten Zustand in seinem Mund hing. Er sprach ein gepflegtes „Gewandhaussächsisch" und musterte seine Kunden durch die Brille. Seine zwei wichtigsten Redewendungen waren Kennern vertraut: „So siehds aus!" und „Das Lähm is ä Gambf".

In seinem Laden, einer echten Spitzweg-Idylle, ging es hinten ein paar Stufen hinauf, dort stand ein Flügel, auf dem schon d'Albert gespielt hatte.
Becker war ein wandelndes musikalisches Lexikon. Seine Päckchen schaffte er mit dem Handwagen zur Post. Mitunter tauchte auch nach einem Konzert Hans Joachim Rotzsch bei ihm auf und fuhr ihm seine Lieferungen mit dem Auto in die Paketpost Harkortstraße, die nachts noch geöffnet hatte. Unvorstellbar!
Heutzutage muss man in bestimmten Gegenden der Stadt sogar schon einen Briefkasten suchen!
Manchmal nahm er auch ein Taxi, um die Sachen zu nächtlicher Stunde auf den Weg zu bringen.
Wenn Botho Becker im Laden stand, mit seinem auf und ab wippenden Zeigefinger, der in Richtung der Regale wies, quasi aus der Entfernung Noten zählte, und wenn dabei der Arm langsam in die Höhe ging, dann hatte er Inventur! Und im Kopf addierte er die Posten zu einer Summe, die er in Abständen seiner Mitarbeiterin zum Aufschreiben zurief.
Prof. Klaus Hertel wirkte fünfzig Jahre an der Leipziger Musikhochschule. Er erzählte mir, dass Becker einen Wunsch, den er nicht erfüllen konnte, sich jahrelang merkte und eines Tages hieß es dann: „Hertel, ich hab's!" Der frühere Thomaskantor Prof. Rotzsch wurde einmal nach einem Konzert irgendwo von einem Musiker gefragt, ob er bei der Besorgung bestimmter seltener Musikalien helfen könne. Rotzsch meinte, wenn jemand die Noten besorgen könne, dann wäre

es nur Botho Becker in der Leipziger Kolonnadenstraße. Bei seinem nächsten Besuch fragte Rotzsch also Becker nach jenen Noten.
Kurze Pause.
Becker sah ihm tief in die Augen.
Dann langte er, ohne hinzusehen – langsam unter den Ladentisch und legte das Gewünschte auf die Theke. Rotzsch war fassungslos. Wonach jener Musiker seit ewigen Zeiten gefahndet hatte, das fand Becker mit einem Griff. Während er immer noch staunte, meinte Becker lakonisch: „Ich will's Ihn' nur sagen ... ich hab's zufällig vor zwanzig Minuhdn angekooft!"
Becker war ein Original. Die werden in unserer Zeit schmerzlich vermisst. Wir haben heute zu viele Kopien.

Bernd-Lutz Lange

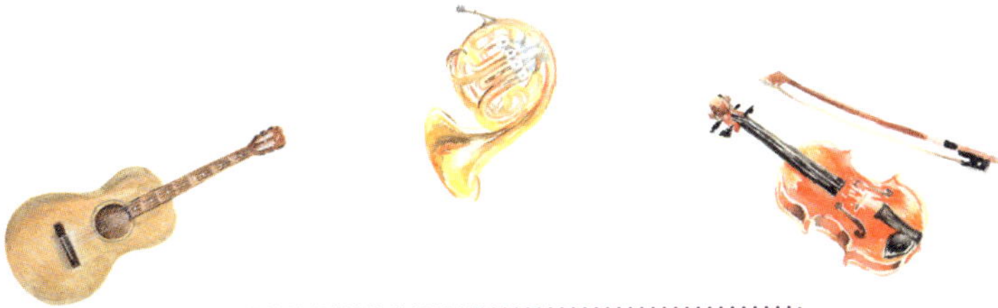

Der Geburtstagskalender für Musikliebhaber

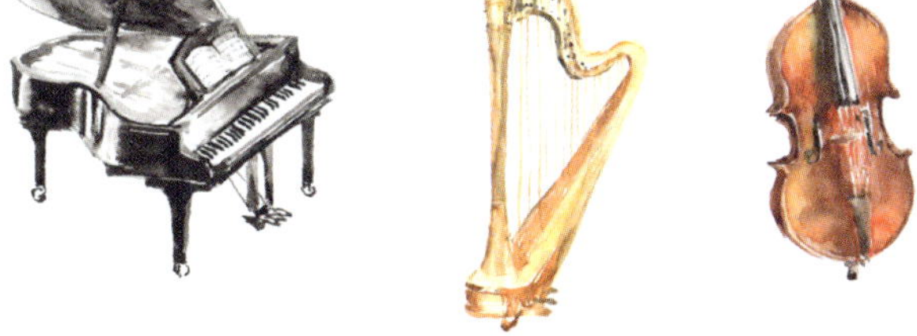

Januar

Ein guter Gesang wischt den Staub vom Herzen.
Christoph Lehmann, *1. 1. 1570

Von der Musik wird alles erfasst, was Leben hat,
da sie die Seele des Himmels ist.
Marcus Tullius Cicero, *3. 1. 106 v. Chr.

In der Regel ist eine gute Volksmusik
mehr wert als 200 Kunstmelodien. Denn an
Innigkeit, Originalität und Schönheit ist
nichts dem Volkslied zu vergleichen.
Max Bruch, *6. 1. 1838

Ich verstehe nichts von Musik.
In meinem Fach ist das nicht nötig.
Elvis Aron Presley, *8. 1. 1935

Musik ist die effektivste Kunstform,
um den Menschen zu zeigen, dass sie nicht allein sind.
Simon Rattle, *19. 1. 1955

Gesänge müssen kräftig und lustig sein,
kein Gezwitscher und Geplärre.
Francis Bacon, *22. 1. 1561

Das Erste und vorzüglichste in der Musik,
welches mit wunderbarer Zauberkraft das
menschliche Gemüt ergreift, ist die Melodie.
E. T. A. Hoffmann, Ernst Theodor Amadeus, *24. 1. 1776

Wo man singet, lass dich ruhig nieder,
ohne Furcht, was man im Lande glaubt.
Wo man singet, wird kein Mensch beraubt:
Bösewichter haben keine Lieder.
Johann Gottfried Seume, *29. 1. 1763

Februar

Es wird so viel über Musik gesprochen und so wenig gesagt. Ich glaube überhaupt, die Worte reichen nicht hinzu, und fände ich, dass sie hinreichten, so würde ich am Ende keine Musik mehr machen.

Felix Mendelssohn Bartholdy, *3. 2. 1809

Musik ist der beste Weg, „Ich liebe dich" zu sagen.

Robert Nesta „Bob" Marley, *6. 2. 1945

Manch gute Melodie wurde auf einer alten Geige gespielt.

Samuel Butler der Ältere, *8. 2. 1612

Die Musik ist eine schöne herrliche Gabe Gottes und ein Vorbild und Gleichnis der himmlischen Musik ...

Michael Praetorius, *15. 2. 1571

Orgel spielen heißt, einem mit dem Schauen der Ewigkeit erfüllten Willen offenbaren!

Charles-Marie Widor, *21. 2. 1844

Die Musik drückt aus, was nicht gesagt werden kann und worüber es unmöglich ist zu schweigen.

Victor Marie Hugo, *26. 2. 1802

Ich glaube, dass Musik die Mission hat, unser Leben schöner und reicher zu machen.

Gideon Markowitsch Kremer, *27. 2. 1947

Musik allein ist die Weltsprache und braucht nicht übersetzt zu werden; da spricht Seele zu Seele.

Berthold Auerbach, *28. 2. 1812

März

Musik ist das Unsagbare.
Bedrich Smetana, *2. 3. 1824

Die größte Kraft auf der Welt ist das Pianissimo.
Maurice Ravel, *7. 3. 1875

Aus der Seele muss man musizieren und nicht wie ein abgerichteter Vogel.
Carl Philipp Emanuel Bach, *8. 3. 1714

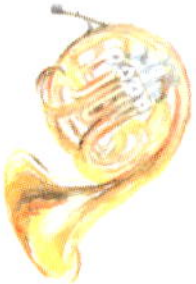

Im Leben des Komponisten gibt es eigentlich drei Etappen: Erst nennt man ihn einen jungen Frechdachs, dann eine Hoffnung der modernen Musik und schließlich einen alten Trottel.
Arthur Honegger, *10. 3. 1892

Singen ist das Fundament zur Musik in allen Dingen. Wer die Komposition ergreift, muss in seinen Sätzen singen. Wer auf Instrumenten spielt, muss des Singens kundig sein. Also präge man das Singen jungen Leuten fleißig ein.

Georg Philipp Telemann, *14. 3. 1681

Die Musik ist die erhabenste der Künste, sie spricht keine Gedanken aus, sie ist ihre Grundsubstanz. Durch sie nähern wir uns Gott.

Sully Prudhomme, *16. 3. 1839

Wir sind immer bessere Menschen, wenn wir eben Musik gehört haben, nicht aber immer bessere, wenn wir eben welche machten.

Karl Ferdinand Gutzkow, *17. 3. 1811

Bei einer andächtigen Musik ist allzeit Gott mit seiner Gnaden Gegenwart.

Johann Sebastian Bach, *21. 3. 1685

April

Nur die Töne sind imstande, die Gedankenrätsel zu lösen, die oft in unserer Seele geweckt werden.

Hans Christian Andersen, *2.4.1805

Die Berührung zwischen Gott und der Seele ist Musik.

Bettina von Arnim, *4.4.1785

Musik ist etwas, das von Menschen für Menschen geschaffen wurde. Wenn aber jemand nichts anderes als Noten darin sieht, dann ist das vielleicht sehr interessant, aber es kann einen nicht bereichern. Und Musik sollte ja dazu da sein, den Menschen zu bereichern und ihm das zu geben, was er in manchen Dingen verloren hat.

Herbert von Karajan, geb. *5.4.1908

Musik wird oft nicht schön gefunden,
weil sie stets mit Geräusch verbunden.

Wilhelm Busch, geb. *5.4.1832

Musik ist die wahre allgemeine Menschensprache.

Karl Julius Weber, *16. 4. 1767

Von allen Künsten ist die Musik womöglich die befriedigendste; denn ohne beengt zu sein wie das Wort, trägt sie in einem einzigen beständigen Fluss eine universale Botschaft vom Komponisten zum Interpreten und weiter zum Hörer.

Yehudi Menuhin, *22. 4. 1916

Ohne Musik gibt es keinen Tanz, und ohne Gewinne gibt es keinen Aufschwung.

Karl Schiller, *24. 4. 1911

Früher gingen die Leute ins Konzert, um Musik zu hören. Heute gehen sie hinein, um Dirigenten zu sehen.

Paul Hörbinger, *29. 4. 1894

Mai

Das Leben eines gebildeten Menschen sollte mit Musik und Nichtmusik schlechthin so abwechseln wie mit Schlaf und Wachen.

Novalis (Friedrich Freiherr von Hardenberg), *2. 5. 1772

Um seinen Lebensunterhalt zu verdienen, muss ein Organist sich bei Beerdigungen anstellen lassen oder als Virtuose im Ausland auftreten.

Marcel Dupré, *3. 5. 1886

Liebe ist eine Komposition, bei der die Pausen genauso wichtig sind wie die Musik.

Senta Berger, *13. 5. 1941

Einen guten Musiker erkennt man an dem, was er stiehlt.

Friedrich Gulda, *16. 5. 1930

Und wenn der Sorgen Last die Seele drückt,
erhebt Musik sie wieder und entzückt.

Alexander Pope, *21. 5. 1688

Das älteste, echteste und schönste Organ der Musik,
das Organ, dem unsere Musik ihr Dasein verdankt,
ist die menschliche Stimme.

Richard Wagner, *22. 5. 1813

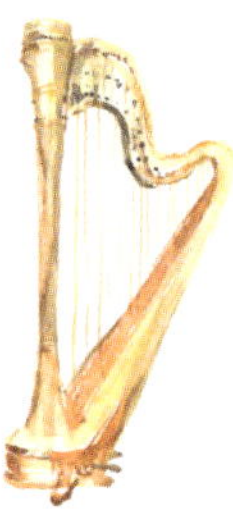

Musik, bei deinen Zauberklängen
erscheint uns Sprache arm und kalt!

Thomas Moore, *28. 5. 1779

Musik zum Essen ist eine ebensolche Beleidigung
für den Koch wie für den Geiger.

Gilbert Keith Chesterton, *29. 5. 1874

Juni

Es ist das Volk, das die Musik schafft.
Wir Musiker arrangieren sie nur.
Michail Iwanowitsch Glinka, *1. 6. 1804

Um zu komponieren, braucht man sich nur an eine Melodie zu erinnern, die noch niemandem eingefallen ist.
Robert Schumann, *8. 6. 1810

Was ein richtiger Musiker sein will, der muss auch eine Speisekarte komponieren können.
Richard Strauss, *11. 6. 1864

Das Leben läuft fast ab wie ein Bankett: Ich bin mittlerweile leider beim Käse angelangt, aber er schmeckt mir auch.
Edvard Grieg, *16. 6. 1843

Es genügt nicht, dass man Musik nur hören kann. Man muss Musik auch sehen können.

Igor Strawinsky, *17. 6. 1882

Gute Laune ist das beste Kleidungsstück, das man in Gesellschaft tragen kann.

Anneliese Rothenberger, *19. 6. 1926

Die Musik fängt dort an, wo das Wort aufhört, und wo sie endigt, reicht selbst der Gedanke nicht hin.

Wilhelm von Humboldt, *22. 6. 1767

Ein Land ist reich, wenn es die Kultur fördert. Kultur ist Reichtum, nicht umgekehrt.

Claudio Abbado, *26. 6. 1933

Juli

Das Beste der Musik steht nicht in den Noten.

Gustav Mahler, *7. 7. 1860

Das schönste Denkmal für einen Komponisten ist, wenn er im Spielplan bleibt.

Carl Orff, *10. 7. 1895

Warum geht man, wenn man erkältet ist, lieber ins Konzert oder ins Theater statt zum Arzt?

Hermann Prey, *11. 7. 1929

Die Meisterwerke der Musik geben dem Hoffnungslosen Hoffnung, dem Traurigen Mut, dem Einsamen das Gefühl, dass er doch in einer Gemeinschaft lebt.

Kurt Masur, *18. 7. 1927

Musik ist die Beschreibung der Welt ohne Worte und Begriffe. Sie ist die Philosophie der Gefühle.

Carl Ludwig Schleich, *19. 7. 1859

Das Auge bringt den Menschen in die Welt, das Ohr bringt die Welt in den Menschen.

Joachim-Ernst Berendt, *20. 7. 1922

Musik zivilisiert; Musik macht wachsam; Musik weckt Fantasie. Sie tröstet dich, wenn du traurig bist; bringt dich zum Lachen, wenn du dir Sorgen machst; macht deinen Kopf klar, wenn alles drunter und drüber geht.

Isaac Stern, *21. 7. 1920

Wenn ich auch viel von der Musik erlernt habe und so gern ich auch die Romantik dem Musiker abtrete, muss ich doch behaupten, dass es nicht nur eine Musik der Töne, sondern auch eine Musik der Worte gibt.

George Bernard Shaw, *26. 7. 1856

August

Man soll die Leute froh machen! Es macht mich glücklich, die Leute froh zu sehen.

Louis Armstrong, *4. 8. 1901

Dass, was man malt, ist dem Maler wie das Instrument, auf dem der Musiker seine Töne streicht.

Emil Nolde, *7. 8. 1867

Über Musik zu sprechen ist wie zu Architektur zu tanzen.

Steve Martin, *14. 8. 1945

Wir Vögel singen nicht egal; der singet laut, der andre leise, Kauz nicht wie ich, ich nicht wie Nachtigall, ein jeder hat so seine Weise.

Mathias Claudius, *15. 8. 1740

Die Musik ist ihrem Wesen nach nicht eine Sache, die man in eine strenge und überlieferte Form gießen kann.

Achille-Claude Debussy, *22. 8. 1862

Die Liebe zur Musik ist ein Glaube, wie immer man sich drehen und wenden mag.

Leonard Bernstein, *25. 8. 1918

Musik ist die Aufhebung aller Räumlichkeit.

Georg Wilhelm Friedrich Hegel, *27. 8. 1770

Ich bin ein einfacher Handwerker. Mein Taktstock ist kein Zauberstab, er verzaubert niemanden und soll es auch nicht. Verzaubern soll einzig die Musik.

Karl Böhm, *28. 8. 1894

September

Einen schönen Gedanken zu haben, ist nichts Besonderes. Der Gedanke kommt von selbst, und ist er schön und groß, so ist dies nicht des Menschen Verdienst. Aber den Gedanken gut auszuführen und etwas Großes aus ihm zu schaffen, das ist das Schwerste, das ist – Kunst.

Antonin Dvorák, *8. 9. 1841

Die Musik richtet sich an die Fähigkeit, Gefühle nachzuerleben. Und ihr Bereich sind die Harmonie und die Zeit.

Leo Tolstoi, *9. 9. 1828

Diese schlechten Musikanten und guten Leute also werden sich unter Eurer Anführung im Walde versammeln ...

Clemens von Brentano, *9. 9. 1778

Musik drückt aus, worüber besser geschwiegen worden wäre.

Clara Schumann, *13. 9. 1819

Ist doch Musik die Kunst, in der sich alle Menschen als Kinder eines Sterns erkennen sollen!

Theodor Storm, *14. 9. 1817

Von allen Geräuschen ist die Musik das am wenigsten unangenehme.

Samuel Johnson, *18. 9. 1709

Die Oper ist als Musik des Volkes geboren worden, und durch eine Laune des Schicksals ist sie zur Elitemusik geworden.

Andrea Bocelli, *22. 9. 1958

Die einzige Art von Musik, die Bestand hat, ist jene, die im allumfassenden Sinn der Volksmusik Gestalt besitzt. Alles andere geht unter.

George Gershwin, *26. 9. 1898

Oktober

Musik ist also Gefühl, nicht Klang.

Wallace Stevens, *2.10.1879

Im Takt besteht gleichsam die Seele und das Leben aller Musik.

Heinrich Schütz, *8.10.1585

Ein Musiker, den elegante Linien und schöne Klangfortschreibungen nicht vollkommen zufrieden-stellen, hat das Wesen der Kunst nicht verstanden.

Charles-Camille Saint-Saëns, *9.10.1835

Melodie und Harmonie dürfen in der Hand des Künstlers nur Mittel sein, um Musik zustande zu bringen.

Giuseppe Verdi, *10.10.1813

Ohne Musik wäre diese Welt ein Irrtum.

Friedrich Nietzsche, *15.10.1844

Die Musik ist der vollkommenste Typus der Kunst;
sie verrät nie ihr letztes Geheimnis.

Oscar Wilde, *16.10.1854

Ich betrachte die Musik als Wurzel
aller übrigen Künste.

Heinrich von Kleist, *18.10.1777

Die zuverlässigsten Freunde sind die Spiegel.
Sie sehen alles und reden nicht darüber.

Georges Bizet, *25.10.1838

November

Die Musik ist unendlich, sie ist aber auch allmächtig – kurz, sie ist auch alles das, was und wie ein Geist ist. Solange irgendein Wesen existieren wird, solange wird auch Musik bestehen, solange wird sie auch Wunder wirken.

Robert Musil, *6.11.1880

Musik ist eine Gabe und ein Geschenk, nicht ein Menschengeschenk, nahe der Theologie. Ich gebe nach der Theologia der Musica den höchsten Platz und höchste Ehre.

Martin Luther, *10.11.1483

Jeder Ton beginnt mit der Stille und kehrt zur Stille zurück.

Leopold Mozart, *14.11.1719

Die Tonkunst, mehr Tochter als Nachahmerin der Natur, in ihrer feierlich geheimnisreichen Sprache Andacht gehend und erzeugend, wirkt unmittelbar auf das Gemüt und ist tiefer Rührung Herrscherin.

Carl Maria von Weber, *19.11.1786

Die Musik, die man heutzutage macht, ist nur noch die Kunst, schwierige Tonsätze auszuführen, und was nur noch schwierig ist, kann auf die Dauer nicht gefallen.

Voltaire (eigentlich: Arouet, François Marie), *21. 11. 1694

Musik ist wie Rudern gegen den Strom. Sobald man aufhört, treibt man zurück.

Benjamin Britten, *22. 11. 1913

Die Musik ist für den Schwermütigen gut, für den Trauernden schlecht, für den Tauben weder gut noch schlecht.

Baruch de Benedictus Spinoza, *24. 11. 1632

Wir alle haben Musik und Wahrheit in uns, aber die meisten von uns können sie nicht herausholen.

Mark Twain, *30. 11. 1835

Dezember

Politik ist das Gegenteil von Musik;
sie verspricht alles und hält nichts.
Maria Callas, *2. 12. 1923

Musik überhaupt ist für Kenner.
Und es sollte jeder ein Kenner sein.
Nikolaus Johann Harmoncourt, *6. 12. 1929

Man muss mit den Instrumenten und Stimmen,
durch ihre Schwingungen erregt, gleichsam
selbsttönend mitschwingen, um wahrhaft
musikalische Eindrücke zu erhalten.
Hector Berlioz, *11. 12. 1803

Ein Prozent Glück bringt im Leben oft
mehr als zehn Prozent Dividende.
Frank Sinatra, *12. 12. 1915

Die Musik meines Vaters hat höhere Absichten, sie soll nicht das Ohr füllen, sondern das Herz in Bewegung setzen.

Carl Philipp Emanuel Bach, *14.12.1788

Ich empfinde die kleinen Dinge, und nur sie liebe ich zu betrachten.

Giacomo Puccini, *22.12.1858

Musik zu hören ist zweifellos eine der extravagantesten Arten, sein Geld auszugeben.

Mauricio Kagel, *24.12.1931

Musik muss zu etwas gut sein; sie muss Teil eines größeren Ganzen sein und hat der Menschheit zu dienen.

Pablo Casals, *29.12.1876

Quellennachweis

Texte

Ephraim Kishon, Freundschaftspreis, aus: Ders. Alle Satiren © 1977 by LangenMüller in der F. A. Herbig Verlagsbuchhandlung GmbH, München.

Bernd-Lutz Lange, Zu viele Kopien, aus: Ders. Das Leben ist ein Purzelbaum. Von der Heiterkeit des Seins © Aufbau Verlage GmbH & Co. KG, Berlin 2011, S. 224–225.

Bernd-Lutz Lange, Guhdn Dach, ich bring dähn Bach, aus: Ders. Das Leben ist ein Purzelbaum. Von der Heiterkeit des Seins © Aufbau Verlage GmbH & Co. KG, Berlin 2011, S. 223–224.

Albrecht Müller-Schöll, Wenn der Pfarrer nicht singen kann, aus: Ders., Kirchenmusik – politisch gebildet © Alle Rechte bei Müller-Schöll Erben.

Ulrike Piechota, Die Posaune © Alle Rechte bei der Autorin.

Eugen Roth, Gescheiterte Sammlung & Bescheidenheit © Rechtsnachfolger von Eugen Roth.

Willibald Troemer, Sing mit © Alle Rechte beim Autor.

Bilder

Cover: © stock.adobe.com/NastiaVik; © stock.adobe.com/Chica (Noten, Blätter); S. 2: © stock.adobe.com/abstract; S. 7, 15, 37: © stock.adobe.com/Anna; S. 8: © stock.adobe.com/Daria Pneva; S. 12: © stock.adobe.com/okalinichenko; S. 14: © stock.adobe.com/Doro T.; S. 16: © stock.adobe.com/AnnaPa; S. 21: © stock.adobe.com/Robert Kneschke; S. 22: © stock.adobe.com/Oleksandr Pokusai; S. 24: © stock.adobe.com/Liliya; S. 28: © stock.adobe.com/Tatyana Sidorova; S. 34: © stock.adobe.com/Salome; S. 35: © stock.adobe.com/Mariia; S. 36: © stock.adobe.com/3dmavr; S. 38: © stock.adobe.com/水乃みのる; S. 42: © stock.adobe.com/Alisles; S. 43: © stock.adobe.com/inspiring.team; S. 44: © stock.adobe.com/Heike; S. 45: © stock.adobe.com/Нина Новикова; S. 50: © stock.adobe.com/skypicsstudio; S. 54: © stock.adobe.com/miyu; S. 55 ff.: © stock.adobe.com/inspiring.team; © stock.adobe.com/Alisles; © stock.adobe.com/yoko obata.

Wir danken allen Rechteinhabern für die freundliche Abdruckerlaubnis. Der Verlag hat sich bemüht, alle Rechteinhaber in Erfahrung zu bringen. Für zusätzliche Hinweise sind wir dankbar.